거창한 꿈

sempé
거창한 꿈

장자크 상페 글·그림 | 윤정임 옮김

열린책들

GRANDS RÊVES
by
JEAN-JACQUES SEMPÉ

Copyright (C) Sempé, Éditions Denoël, 1997
Korean Translation Copyright (C) The Open Books Co., 2001, 2018

Korean edition published by arrangement with Éditions Denoël
through Sibylle Books Literary Agency, Seoul.

이 책은 실로 꿰매어 제본하는 정통적인 사철 방식으로 만들어졌습니다.
사철 방식으로 제본된 책은 오랫동안 보관해도 손상되지 않습니다.

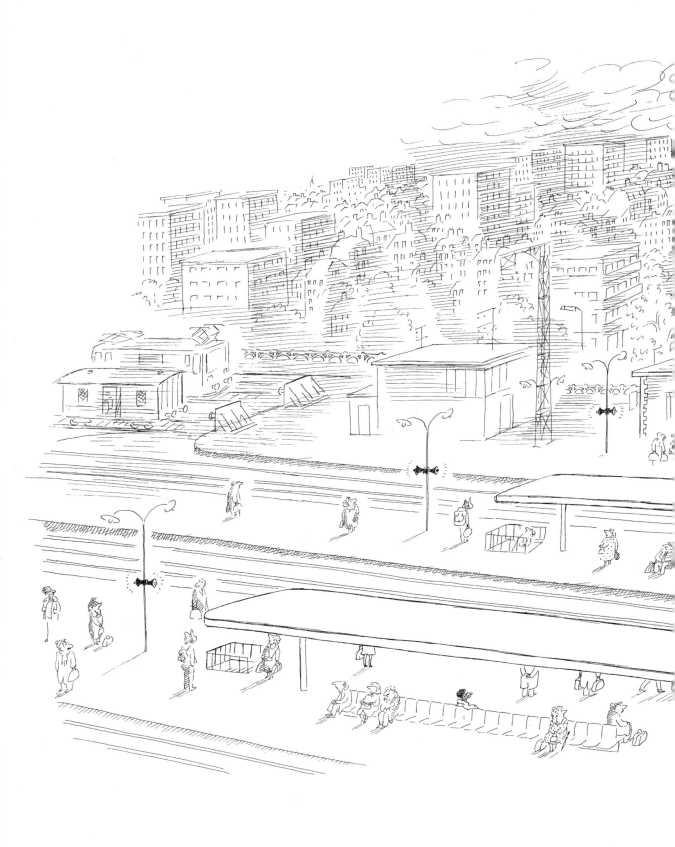

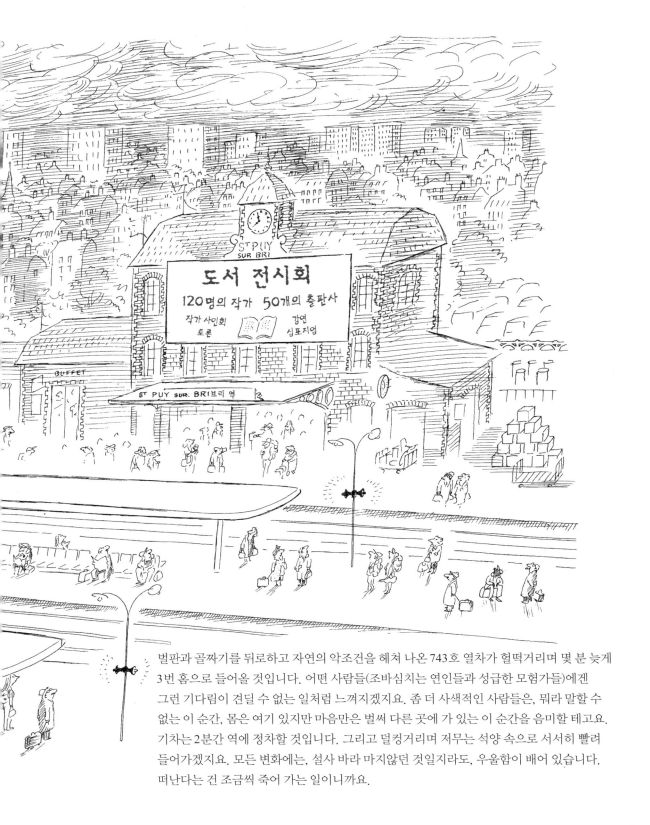

벌판과 골짜기를 뒤로하고 자연의 악조건을 헤쳐 나온 743호 열차가 헐떡거리며 몇 분 늦게 3번 홈으로 들어올 것입니다. 어떤 사람들(조바심치는 연인들과 성급한 모험가들)에겐 그런 기다림이 견딜 수 없는 일처럼 느껴지겠지요. 좀 더 사색적인 사람들은, 뭐라 말할 수 없는 이 순간, 몸은 여기 있지만 마음만은 벌써 다른 곳에 가 있는 이 순간을 음미할 테고요. 기차는 2분간 역에 정차할 것입니다. 그리고 덜컹거리며 저무는 석양 속으로 서서히 빨려 들어가겠지요. 모든 변화에는, 설사 바라 마지않던 것일지라도, 우울함이 배어 있습니다. 떠난다는 건 조금씩 죽어 가는 일이니까요.

사랑하는 이자벨,

당신의 편지는 날 기쁨으로 가득 채워 주었소! 드디어 우리가 만나게 되는군요!

이 모든 일이 어찌나 낯설기만 한지. 어쩔 수 없는 나의 고독 속에는 어느 정도의 이기심과 절대적인 것에 대한 지나친 열망, 뭐 그러저러한 것들이 있었겠지요? 아무튼 난 지금, 토요일에 알자스풍의 술집에서 당신을 만나고 싶다는 욕망에 들떠 있소. 우리가 서로를 어떻게 알아볼지 궁금할 거요. 하지만 아주 간단하오. 난 나비넥타이를 매고 포충망과 곤충 채집통을 들고 나갈 테니까.

어떤 치마야? 작은 단추들이 달린 남색 치마라고? 좋아. 단추를 풀기 시작해. 천천히.
그렇다고 너무 천천히는 말고. 뭐라고? 그래 알았어. 검은색 긴 장갑 한 짝은 벗으라고.
그래야만 일이 더 쉽다면 말이야. 하지만 나중에 다시 껴야 돼. 뭘 신었다고? 스타킹? 유감이로군,
다음번엔 검은색으로 신어. 좋아. 이젠 천천히 블라우스 단추도 풀어. 그리고……

난 어려운 상황에서도 침착성을 잃지 않아. 〈나한텐 친구들이 있다〉는 생각을 하거든. 걔들에게 전화하면
자동 응답기가 받지. 그래서 다음 날은 이렇게 생각하기로 했단다. 〈나한텐 친구들이 있고 덤으로 걔들의
자동 응답기까지 있다〉고.

베르티에가 마흔다섯일 때는 10년은 젊어 보였지. 그 아내는 그때 서른일곱이었는데 스물다섯도 안 돼
보였고. 매일 둘이서 20킬로미터를 함께 달리고 테니스며 별별 운동을 다 했거든. 그런데 쉰이 되더니 그
친구 허리랑 무릎에 말썽이 생겼지. 그 타격으로 대번에 10년은 늙어 보이더라고. 그 아내도 인대가
늘어나고 척추 때문에 고생을 하더니 갑자기 늙어 버리데. 그래서 그 여잔 안면 주름 제거 수술
(내 생각엔 베르티에도 한 것 같아)에다 곧이어 다른 수술도 받더라고. 하지만 체조며 노르딕 스키를 절대
그만두지 않았지. 그래도 대단하지 뭐야. 그 온갖 일들을 겪고도 몸 관리를 잘해서 이젠 제 나이인
쉰일곱과 마흔아홉으로들 보이니 말이야.

지난주, 그러니까 내 퇴직을 석 달 앞두고서였지. 인사과 비서실의 콜레트 부인이 나한테 그러더군. 〈프로시냐르 씨, 상부에서 《프로시냐르 이후》 문제를 아주 조심스레 거론하고 있는 거 아세요?〉라고. 그래서 생각했다네. 《프로시냐르 이후》를 말하는 걸 보니 《프로시냐르라는 존재》가 있긴 있구나〉라고 말일세. 고백하건대, 그 얘길 듣고 나서 썩 만족스러웠다네.

처음엔 이 세미나를 조직하는 게 재미있었단다. 한데 지금은, 왠지 모르게 가끔 울음이 터질 것만 같아.

주느비에브 부인, 솔랑주 부인이나 베로니크 양에게 소피 양이나 안마리 부인 근처에 조르제트 크레이프나 클로딘 칼라가 남아 있는지 마리폴 부인에게 알아봐 달라고 부탁해 줄래요?

● 조르제트 크레이프는 옷감의 한 종류이며, 클로딘 칼라는 둥글고 넓은 모양 때문에 피터 팬 칼라라고도 한다.

떠나 버린 내 사랑 앙드레,

고통스러운 이별! 하지만 나한테 주소를 남겨 주다니 고맙군요. 난 아연실색했어요.

꼼짝도 할 수 없었죠. 선박의 트랩이 걷어 올려질 때, 뱃전에 팔꿈치를 기대고 서 있던 당신
모습이 눈에 선해요. 배가 멀어지기 시작하고, 내가 당신의 여행 가방을 깔고 앉아 있다는 걸
(마침내) 깨우친 당신의 절망스러운 몸짓이 아른거려요.

당신은 나의 애인이자 어머니요 딸이었지. 난 당신의 애인이자 아버지요 아들이었고. 우리 사이의
문제는, 내가 애인을 원할 때 당신은 어머니를 자처했고, 당신에게 아버지가 필요할 때 난 철없는 아들
같다는 걸 깨달았다는 데서 비롯됐어. 우리 다시 만나 어디로든 함께 떠나도록 하지. 내 친구 마르크
집에서 며칠 지낼 수 있을 거야. 알다시피 마르크는 내 형이나 마찬가지거든. 그리고 나서 당신 이모 집에
가는 데 아무 어려움도 없을 거야. 그 이모는 항상 내 누이인 것처럼 대해 주었잖아.

27일 화요일. 몇 장(章) 전부터 내 소설의 주인공인 자비에가 문제를 일으키고 있었다. 주느비에브에게
애인이 있다는 걸 알게 된 후 그가 보인 태도는 날 당혹스럽게 해왔다. 도무지 앞으로 나아갈 수가 없었다.
그런데 앞부분을 30페이지가량 다시 읽고 나서야 퍼뜩 정신이 들었다. 자비에는 동성애자이다!
그래서 아내의 애인을 사랑하는 것이다! 나는 즉시 갈리마르 출판사의 브누아에게 전화를 걸어 그 얘기를
들려주었다. 그는 내 말을 가로막더니 자기는 해고되었다며 아파트 융자금이랑 두 아이 따위에 대한
얘기를 했다. 그러고는 다시 전화하겠노라고 하고는 하지 않았다. 오늘 저녁에 그의 집으로 전화를 했다.
(그사이에 난 소설을 공들여 고쳤다. 자비에가 동성애자라는 사실을 주느비에브의 애인이 알고 있다면
얘기는 더 흥미로울 것이다.) 전화를 받은 브누아의 아내는 남편이 집에 없다고 했다. (뻔한 거짓말이다.)
이제 난 흐름을 되찾았고 열정도 넘쳐흐른다. 하지만 다른 한편, 프랑스 문단에 증폭되고 있는 소설
전반에 대한 무관심을 확인했기에 꽤 우울한 심정이기도 하다.

난 지금 아주 시적인 장소에서 너한테 이 편지를 쓰고 있어. 폐쇄된 기찻길의 한 구간이야. 무성하게 자란 잡초들이 철로와 침목을 뒤덮고 있단다. 주변에는 나비와 잠자리가 날아다니고 있어. 로랑, 널 정말 사랑해! 너무 보고 싶어! 침목들을 다시 괴어 끊어진 철로를 연결하고 싶어. 그렇게 온 힘을 다해 철로를 고쳐 놓으면 어느 날인가 낡은 열차의 기적 소리가 너의 도착을 알려 주겠지!

하지만 다른 사람들처럼 하기로 하자. 토요일, 11시 15분 버스로 도착할 널 기다릴게.

오늘 아침 받은 당신의 편지 서두에서 우리 사이에 싹트고 있는 고귀한 우정을 몽테뉴와 라 보에티의 숭고한 우정에 견주는 걸 보고, 난 흡족한 미소를 지었소. 하지만 당신을 몽테뉴에 비유한 대목(무슨 근거로 그런 거요?)에 이르자 (내게는 조연 역할만 넘겨주고는 말이오) 내 미소는, 차마 비웃음이라고는 말 못 하겠지만, 참을 수 없는 웃음으로 변해 버렸소!

2주일 후 일요일에 열릴 타히티풍의
파티를 절대로 잊지 말아요!

이봐요, 장르네, 당신은 오해하고 있어요. 내가 너그럽게 굴지 못하는 건 당신이 별 볼 일 없는 사람이라는 걸 고백했기 때문이 아니라, 그걸 설명하는 데 이렇게나 긴 시간이 걸렸기 때문이에요.

저 여자 어때요?

나한텐 6백 명의 직원이 있어. 정확하게 6백 40명이지. 한데 내 개인적인 문제를 해결해 줄 능력이 있는 직원이라곤 한 사람도, 단언컨대 단 한 명도 없어.

무엇보다 이 애를 위해 반드시 기원해야 할 건, 미디어에 강한 인물이 되라는 겁니다.

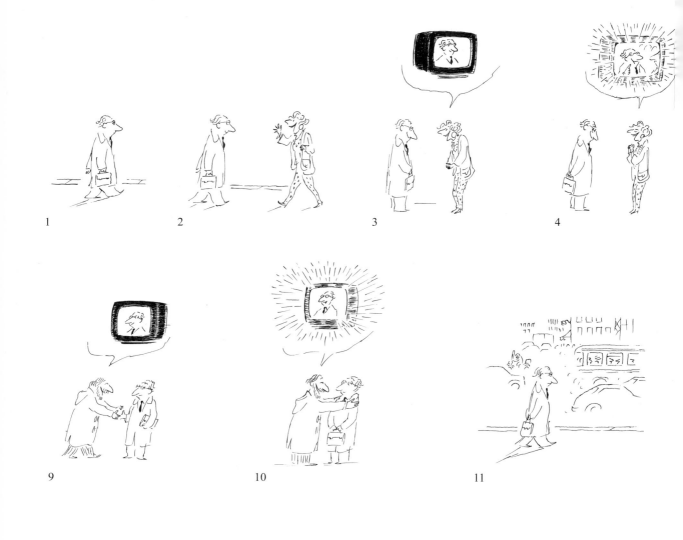

1

2

3

4

9

10

11

15

16

17

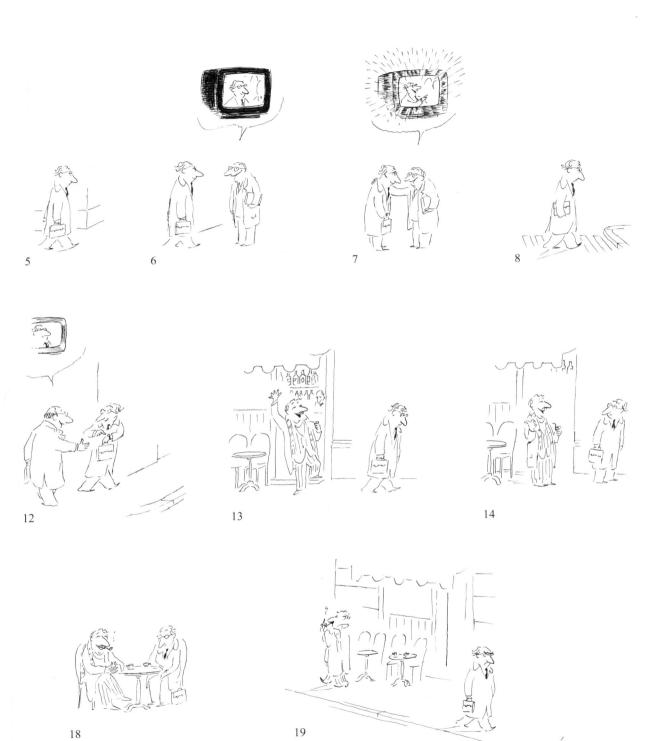

다시 한번 묻겠소. 리옹 오케스트라의 제2 바이올리니스트가 당신과 당신의 친구들인 스트라스부르 오케스트라의 단원 두 명 — 한 명은 바이올리니스트고 또 한 사람은 트럼펫 주자 — 에게 엑상프로방스 축제 개막식 때 몇 소절을 엉터리로 연주해 달라고 돈을 주고 부탁했습니까?

부담감이 엄청 컸죠. 너무나 오래전부터 이 정상 회담을 생각해 왔거든요. 팀이 아직 미숙하긴 했지만
처음엔 잘 돌아갔어요. 생각만 그런 게 아니라 실제로도 그랬죠. 우린 리듬을 잘 탔답니다. 그런데 40분쯤
지났을 때, 영국 대사가 요리를 거절하는 일이 벌어진 거예요. 내 생각엔 부당한 처사였어요. 그때부터
자동 시스템이 더 이상 작동하지 않았고, 우린 수많은 실수를 저지르게 된 거죠. 그리고 마지막에 이르러
초콜릿 시럽으로 만든 베샤멜 소스를 완전히 망쳐 버렸어요. 협상은 결렬되었고……

뭐라고? 정신 분석가가 되고 싶다고! 이 아비를 위해서라도 제발 그따위 생각일랑 집어치워라.

sempé.

자네가 비록 에르누빈에서 이기긴 했지만 오른쪽 눈을 잃었잖아. 플랑드르에서는 앞니가 거의 다 빠져서
정복자의 미소를 망쳐 버렸고 말이야. 그만두세. 베스바흐 지역을 나에게 넘겨주게. 그러면 기적을
일으키는 피렌체의 외과 의사를 자네에게 소개해 줌세. 대답해 보게. 그런데 좀 큰 소리로 말하게. 이건
진짜 내 귀가 아니거든.

파란만장했던 인생의 황혼 길로 접어들고 나니 이젠 세상의 소란에서 물러나 남은 시간을 명상과 회고록(물론 아주 보잘것없는 거지만) 집필로 보내고 싶군요. 물론 카사노바의 회고록에 견줄 정도는 못 되지만 글로 남길 만한 뭔가는 있을 겁니다.

제가 거래하는 은행이었어요. 전 줄을 서 있었죠. 제 순서가 되었을 때 창구 직원이 프로이트를 닮았다는
걸 알아챘어요. 그런데 그 사람은 진짜 프로이트였어요. 그가 〈생페르가의 프리뇨베롱 의사는 상담
한 번에 얼마를 받고 있소?〉라고 묻는 거예요. 그러고는 거칠게 창구를 닫아 버려요. 그러고 나면 전
울면서 잠을 깨곤 해요.

천만의 말씀, 당신이 초콜릿 빵을 먹는 건 조금도 방해가 되지 않아요. 오히려 그 반대예요. 왜냐하면
당신이 지난번 상담 때 말했던 그 생쥐(혹은 쥐) 얘기를 다시 해볼 참이거든요. 어렸을 때, 놀라 질겁한
당신 면전에서 당신의 초콜릿 빵을 삼켜 버렸다는 그 쥐 얘기 말입니다. 그게 당신의 그 편집광적인
신경증의 실마리를 풀어 줄 것 같거든요.

침착하세요. 아주 높은 데서 당신께 보내온 전갈이에요. 소액권 지폐로 현금 20만 프랑을 사람들 눈에 띄지 않게 준비해 가지고 내일 같은 시각에 이곳으로 오세요.

이제 너희들도 꽤 자랐으니 진실을 알아야겠지. 어느 날 저녁 너희 아빠가 돌아오지 않았어.
그러다 다시 보게 되었는데, 어떤 남자가 네 아빠를 모자 속에 넣었다 뺐다 하고 있더라고.
사람들은 박수를 치고 말이야. 네 아빠를 좋아하며 한사코 따라다니던 아들린 아줌마가 소식을
알아보겠다며 떠났어. 그러곤 아줌마도 영영 다시 볼 수 없었지. 아니 딱 한 번 다시 본 적은 있단다.
아줌마 역시 아빠랑 같이 모자 안에서 나왔다 사라졌다 하고 있더라고. 그 남자가 귀를 잡아당기며
사람들한테 소개할 때면 좋아라 하고 뒷발을 팔딱거리는 게 둘이 행복해하는 것 같더구나.
이젠 시간도 흘렀고 난 모든 걸 용서했다. 하지만 내 앞에서 다시는 아빠랑 아줌마 얘기를 들먹이지 마라.
모자 얘기도 두 번 다시 입에 올리지 말고.

심리학자들이 주장하기를, 새끼들한테는 세상에 태어나기 전부터 말을 건네 줘야 한다더구나.

초음파 검사를 해보니 너희 중에 암컷이 일곱이고 수컷이 셋이란다. 수컷은 제 아비를 꼭 빼닮았대요.

책임감이라곤 조금도 없는 천하의 바람둥이 네 아비 말이다. 매력이야 대단하지만 순 건달이야.

아들놈들이 제 아비를 닮지 못하도록 감시할 거란 얘긴 할 필요도 없을 거야. 유전학이 발달해서,

원하기만 한다면 아직 시간이 있을 때 몇몇 성격은 바꿀 수도 있다지 뭐냐.

자, 이젠 잠이나 자도록 하자꾸나.

호기심을 갖고 다른 달팽이들한테도 다가가야 해. 물론 문제는 시간이 걸린다는 거지만······.

그랜드 여행자 호텔

괴물처럼 연기를 내뿜는 쇳덩이를 보고 질겁해 도망치는 사람들 모습이 어지러운 속도로 달리는 차창을 통해 눈앞에 펼쳐지고 있소. 나를 실은 기차는 솔리외로 향하고 있소. 그곳에서 부치게 될 이 편지는 닷새 후면 당신에게 도착할 거요. 우리가 알게 된 건 고작 4년밖에 되지 않소. 하지만 지난 3월 당신의 손에 입맞출 수 있게 된 이래, 내 가슴은 성급함으로 요동치고 있다오. 언젠가 우리의 약혼을 기념하게 될 날을 기대해도 좋다고 대답해 주오. (내가 일주일 내에 도착하게 될 — 정말 믿을 수 없는 일이지요 — 마드리드에서 그 대답을 해주시오.) 지금이 7월이오. 그러니 깊이 생각해 보시오. 그리고 내년 초까지 대답해 주시오. 기한이 촉박하다는 건 나도 알고 있소. 엘리자베트, 당신을 몰아붙이고 싶지는 않소. 하지만 이제 우린 속도의 시대로 들어섰고 나 역시 이 시대 사람이니 어쩔 도리가 없다오.

지난 일을 돌이켜 볼 때 상처받는 건 무엇보다 내 자존심이야. 자전거의 벨을 힘껏 울려 대며 기운차게
도착할 때면 내 모습도 꽤 근사했거든.

당신들은 둘입니다. 그러나 이제 둘로 남아 있으면서도 하나가 될 것입니다. 그렇게 해서 셋이 되는 거지요. 사랑하는 가족과 수많은 친구들을 합치면, 거기다 사회적이고 문화적인 관계와 직업상의 관계들 그리고 스포츠를 통해 맺게 될 수많은 관계들을 생각해 보면, 더구나 사회적 역동성을 통해 증식할 각 그룹을 고려한다면 무한한 수로 펼쳐질 가능성이 열리는 겁니다. 그리하여 기절초풍할 정도의 엄청난 숫자에 이르게 되고 그 앞에서 여러분은 아주 미소하고 외로운 존재라는, 그야말로 혼자라는 느낌이 들 겁니다. 하지만 또한 수없이 여러 번 그처럼 혼자라는 사실이 불만스럽지만은 않게 느껴질 겁니다.

그래. 그게 열정이라는 건 분명해. 하지만 정말로 사랑이라는 확신이 드나?

없어요, 더는 아무 소식도. 난 그녀가 미운데도 미워할 수가 없어요. 단지 〈부부란 얼마나 깨지기 쉬운
건가……〉라는 생각은 들어요.

우리 둘만의 일요일을 갖고 싶다고요.

소피는(마리엘렌도 마찬가지고) 우리 결혼 초기의 여자였지. 그녀는 내 인생에 정말로 큰 변화를
일으켰고, 고백하건대 난 아주 당황했지. 잉그리드는 스웨덴 지점 창설 때의 여자고. 당신도
기억하겠지만 당시 난 온통 낙담에 빠져 있었어. 카롤린은 소피카 회사가 날 골탕 먹이느라 끌어들인
치사한 사건이란 걸 기억할 거야. 그래, 이혼하고 싶다는 당신 마음은 이해할 수 있을 거 같아. 하지만
당신이 아무런 중요한 역할도 하지 못했다는 불평은 황당하군. 당신은 좌표를 잃어버린 우리의 지난
시절에 핵심적인 역할을 했어. 당신은 기억을 상기시켜 주고 있거든. 우리 부부에 대한 기억을 말이야.

이제 우리 그이가 연주할 차례예요.

내 입장이 되어 보라고. 너희들이 그랬잖아, 〈와서 사중주를 해보자〉라고. 그래서 연습을 했는데 너희들은 트리오로 남아 있는 게 더 좋다고 말하더라. 정말이지 난 소외된 느낌이 들었어. 그때 로베르가 나한테 전화해서는 〈난 외로워, 엘리자베트가 자기네 트리오 연습에만 시간을 내고 있어〉라고 하더라. 그러고는 술을 한잔하러 왔어. 그래서 우리 사이에 작은 일이 있었던 거야. 이틀 후에는 자비에가 나타나더니 똑같은 얘길 하더라고. 그다음엔 또 네 남편 욜랑드가 전화를 해서는 자기는 자비에와 로베르랑 트리오로 연주하는 게 지겨워졌다는 거야. 그러면서 내가 합류한다면 좋은 사중주가 될 거라고 하더라. 난 그제야 받아들여진 느낌이 들었고, 확실하게 수락했지.

이번, 「만남과 추억」의 첫 공연에서는 파비앵 드 라 레니샤르드의 촌극 세 편을 보시게 될 겁니다. 우리는 당시의 어투를 그대로 따르기로 했습니다. 하지만 쉽게 익숙해지실 겁니다. 예컨대, 〈그를 바라보았다〉는 〈그를 바라보고 있었나니〉라고 말하는 거죠……. 그런데 심히 유감스럽네요. 어째서 제가 말씀 올리는 동안에 저 뒤의 젊은 소자들은 출구 쪽으로 도망치고 있사옵니까?

그녀는 나한테 차츰 거리를 두면서 점점 더 명랑하고 경쾌해졌어. 난 그녀가 플루트 주자와 관계를 가지고
있다는 걸 알았지. 두 달 후 그녀는 우울하면서도 한편으론 좀 더 깊이가 있어 보이더군. 그녀가 첼로
주자와 사랑에 빠졌다는 걸 깨달았지. 그다음엔 열광적이고 격동적이 되더니만 이번엔 트럼펫 주자였어.
그다음엔 격렬하고 퉁명스러워지더니 타악기 주자에 미쳐 버리고…… 그런 식으로 계속되더라고…….
난 이제 그녀가 어떤 악기 주자를 좋아하는지 짐작할 수 있게 되었어. 이젠 시간도 흘렀고 그녀를
미워하지도 않아. 오케스트라의 지휘를 이해하는 데 그녀가 나한테 많은 도움을 주었거든.

안녕하세요. 제 이름은 기슬렌 르무안르낭쿠르입니다. 저는 여러분이 보게 될 것을 잘 보시도록 하는 임무를 맡았답니다.

전에는 아침에 창문을 열었을 때 구름이 보이면 우산을 가지고 나가야겠다는 생각을 하곤 했지. 이제는 문화 덕분에 마그리트, 인상주의 화가들, 네덜란드 유파, 15세기 이탈리아 예술의 대가들, 야수파, 기타 등등, 하여간 이 모든 이들이 그려 낸 구름을 생각하게 됐다네. 끝도 없지. 엄청난 작업이라고. 하지만 〈어라, 구름이 끼었네, 우산 가져가는 걸 잊지 말아야지〉라는 생각을 해낼 수 있었던 순수한 마음을 되찾기 위해선 아직도 더 많이 연구해야 할걸세.

나 잊지 말아야 해요.

아가씨, 이 전시회가 결코 다시 보기 힘든 걸작전이라는 건 잘 알아요! 하지만 지금 당장 내 우산을 찾지 못하면 그것 역시 다시는 못 보게 될 거라고.

간밤에 이상한 꿈을 꾸었어. 그림 하나를 완성하고 있는데 천사가 나타나더라고. 그는 유심히 내 그림을 바라보더니 조금 뒤로 물러서더군. 그러더니 다시 다가와서는 눈에 띄게 관심을 보이면서 〈얼마냐?〉라고 묻는 거야. 난 감히 대답하지 못했다네. 내가 잘못한 걸까?

칭찬에 너무 익숙해진 저런 여자들한테 필요한 건 관심을 보이지 않는 일이야. 그렇게 하면
그 여자는 당황해서 불안까지 느끼지. 그러면 분명히 그녀 스스로 걸려들어서 다가오게
마련이야. 그다음 일은 식은 죽 먹기지! 그녀를 잡아당기기만 하면 되거든. 아무튼 최근에
읽고 마음에 쏙 들었던 소설의 주제가 바로 그런 거였어.

폴, 내가 할 수 있는 일이 있는지 알아보고 말해 줄게. 하지만 우리 그룹은 16일부터 아주 화기애애하게
결성돼서 말이야.

입들 다물어! 떼써도 소용없어. 네놈들이 엊저녁에 내 안경을 부러뜨렸으니 그 벌로 오늘 물놀이는 못 해.

자네는 말했었지, 작년에 자네가 맺었던 우정이며 가끔 그게 후회된다는 얘기 말이야. 난 이해하네. 지금 우리를 뒤따르고 있는 저 남자가 바로 그 사람일 거야(저치는 어제도 우리를 뒤쫓아 왔지). 저자가 기침을 하면 자네가 뒤이어 기침하는 걸 눈치챘거든. 자네가 저 사람이랑 관계를 다시 맺는 걸 막지는 않겠네만 나 역시 기침은 할 줄 안다는 사실만은 알고 있게.

집에들 없나 봐요.

이곳은 한적한 시골에 있는 평범한 마을이야. 부모님이 세낸 이 집은 흔해 빠진 곳이지. 하지만 내가 머물고 있는 방에 달린 두 개의 창문이 활기찬 삶을 가져다준단다. 왼쪽 창문으로는 시내로 우편물을 수합해 가는 우체통이 보여. 지금 네게 쓰고 있는 이 편지도 곧 거기에 넣을 거야. 그리고 오른쪽 창문으로는 우리 집 우체통이 보이는데, 이틀 후면 거기서 네 답장을 받아 볼 수 있지.

로날드가 재혼했었다는 걸 몰랐네.

실망 2호

sempé.

저를 위해서는 아무것도 요구하지 않겠습니다. 하지만 지젤은 저한테 4천 5백 프랑의 빚이 있거든요.
그걸 갚을 수만 있다면 그 여잔 한결 잘 지낼 겁니다.

우선, 지금 누워 계신 그 의자에 대해 어떻게 생각하십니까? 오늘 아침에 배달되었거든요.

조심하세요. 저 양반 지금, 가차 없는 자신의 달변으로 누군가를 짓뭉개 버리려고 벼르고 있거든요.

미사를 드릴 때마다 온 마음을 다 바쳐 「은총이 가득하신 성모 마리아」를 부르고, 역시 아름다운 노래인
「하느님의 어린양」 그리고 웅장한 성가인 「우리에게 평화를 주소서」를 부르려고 애쓴답니다. 하지만 매번
모든 걸 압도하며 무의식적으로 흥얼거리는 노래는 결국 「우리들 사랑에서 남은 건 무엇인가?」랍니다.

전에는 벌떡 몸을 일으켜 곧장 뭔가를 계획하곤 했지. 요즘은 한없이 뭉그적거리며 이불 속에서 몸을
빼내고 있어. 그렇게 시간을 질질 끌며 생각을 거듭하고 머뭇거리다가 다시금 벌렁 누워 버린다네.

자네한테 시간이 있을 때, 내가 인생에서 피해 가는 데 성공했던 함정들의 목록을 작성해 주지.

우린 모든 걸 죄다 컴퓨터에 입력했어요, 모조리 다요. 부모님, 친구들, 친척들 그리고 그들의 성격이랑
그들에 대한 우리의 견해까지도요. 우리 최초의 감동, 열망, 실수, 성공, 욕구 불만, 배신 그리고 그것들이
뒤얽힌 얘기와 화해의 과정까지 고스란히요. 그러곤 아주 사소한 의견 대립이라도 일어나면 디스켓을
참조하는 거예요. 더 다툴 것도 없이 디스켓만 열면 된다니까요. 그렇게 하니까 모든 게 누그러져요.

모든 걸 다시 해야 한다면 난 예전과 아주 똑같이 할 거요.

거창한 꿈

옮긴이 윤정임은 1958년에 태어나 연세대학교 불어불문학과와 동 대학원을 졸업했으며, 프랑스 파리 10대학에서 박사 학위를 받았다. 옮긴 책으로 장자크 상페의 『겹겹의 의도』, 『아름다운 날들』, 『랑베르 씨』, 『랑베르 씨의 신분 상승』, 장폴 사르트르의 『방법의 탐구』, 질 들뢰즈와 펠릭스 가타리의 『철학이란 무엇인가』(공역), 드니 랭동의 『소설로 읽는 그리스 로마 신화』, 엠마뉘엘 카레르의 『적』, 마르탱 뱅클레르의 『아름다운 의사 삭스』 등이 있다.

글·그림 장자크 상페 옮긴이 윤정임 발행인 홍지웅·홍예빈 발행처 주식회사 열린책들 주소 경기도 파주시 문발로 253 파주출판도시 전화 031-955-4000 팩스 031-955-4004 홈페이지 www.openbooks.co.kr Copyright (C) 주식회사 열린책들, 2001, 2018, *Printed in Korea.* ISBN 978-89-329-1895-2 03860 발행일 2001년 4월 25일 초판 1쇄 2002년 5월 30일 초판 3쇄 2005년 6월 10일 2판 1쇄 2011년 6월 10일 2판 2쇄 2010년 1월 10일 3판 1쇄 2018년 6월 15일 신판 1쇄

이 도서의 국립중앙도서관 출판예정도서목록(CIP)은 서지정보유통지원시스템 홈페이지(http://seoji.nl.go.kr)와 국가자료공동목록시스템(http://www.nl.go.kr/kolisnet)에서 이용하실 수 있습니다.(CIP제어번호:CIP2018014704)